Musiker, Komponist, Kabarettist, Satiriker, Schriftsteller ... Georg Kreisler ist ein Meister der Sprache und der literarischen Satire. Bekannt wurde er vor allem durch seine makaber-grotesken Chansons der 1950er und 1960er Jahre.

Seine Texte zeichnen sich durch hintergründigen, oftmals schwarzen Humor und kompromißlose Kritik an Gesellschaft und Politik aus. Nun hat er selbst eine Auswahl seiner boshaftesten Zitate getroffen und in diesem Band zusammengestellt.

Originell, satirisch, eindeutig und manchmal auch zweideutig, haben sie eines gemeinsam – sie sind das Werk eines sehr genauen Beobachters, der in der Lage ist, mit jedem Wort ins Schwarze zu treffen.

Georg Kreisler wurde am 18. Juli 1922 in Wien geboren. 1938 floh er mit seinen Eltern vor dem Nationalsozialismus in die USA und kehrte 1955 zurück nach Europa. Nach Stationen in Wien, München, Berlin, Salzburg und Basel lebt und arbeitet Georg Kreisler seit 2007 wieder in Salzburg. Er erhielt zahlreiche Auszeichnungen, u. a. den Friedrich-Hölderlin-Preis der Stadt Bad Homburg 2010.

insel taschenbuch 3646

Georg Kreisler für Boshafte

Georg Kreisler
für Boshafte

Insel Verlag

Umschlagabbildung: Jürgen von Tomei

insel taschenbuch 3646
Erste Auflage 2010

Quellenverzeichnis am Schluß des Bandes
Vertrieb durch den Suhrkamp Taschenbuch Verlag
Umschlag nach Entwürfen von Willy Fleckhaus
Satz: Hümmer GmbH, Waldbüttelbrunn
Druck: Druckhaus Nomos, Sinzheim
Printed in Germany
ISBN 978-3-458-35346-1

1 2 3 4 5 6 – 15 14 13 12 11 10

Inhalt

11 Sogenannte Lebensweisheiten
31 Was ist Kunst?
47 Was man glaubt, das hofft man
55 Die Frauen und die Liebe und die Kinder
65 Wien bleibt Wien
73 Wer ein Jud ist, bestimme ich
79 Die Politiker
87 Letztlich – der Tod
91 Quellenhinweise

Georg Kreisler für Boshafte

Sogenannte Lebensweisheiten

Wer den Menschen mißtraut, bejaht das Leben.

[A. h. k. E.]

Im Norden wohnen die Propheten und prophezeien, daß es keine Zukunft gibt, wir welken in die Vergangenheit hinein. [L. L.]

Die meisten Menschen lassen sich in den Patriotismus einspannen wie der Ochs ins Joch. [L. L.]

Fortschritt muß sein, sagt man, aber kann er sein? Ein Dackel bleibt ein Dackel, er denkt gar nicht daran, sich mit seinem Großvater zu vergleichen. Woher nimmt der Mensch die Arroganz, an seinen Fortschritt zu glauben? Aber vielleicht ist es gar nicht seine Arroganz, sondern seine Natur. Er braucht den Fortschrittsgedanken, um sich erhaben zu fühlen. [A. h. k. E.]

Man soll uns nie mehr wieder – Kind, das verstehst du nicht, man hat ja schon. [Lied]

Wenn es einer von den anderen ist, hält man es aus, aber einer, dem man es nicht zugetraut hätte, sollte sich schämen. [W. o. L.]

Wildgewordene Banden machen einem das Leben schwer, man rast durch nasse Straßen, die früher einmal hübsch waren, die Pfützen hatten Regenbogen, jetzt schimpft man auf das Scheißwetter, und die Autos spritzen einem die Hosen voll. Niemand kommt, ohne etwas zu wollen, im Büro stürzt das Dach ein, und jeder schaut auf die Uhr.

[W. o. L.]

Zwischen zwei Wahrheiten verliert man den Überblick, aber zwischen zwei Lügen kann man sich rechtzeitig entscheiden. [W. o. L.]

Alle Menschen sind gleich. Sie sind ungefähr gleich groß, haben ungefähr die gleichen Namen und geben ungefähr die gleichen Antworten. Wenn man ihnen einen Ball zuwirft, fangen sie ihn, wenn man ihnen einen Fernseher aufdreht, schauen sie hin, wenn man sie in den Krieg schickt, gehen sie hin. [W. o. L.]

Überraschung ist keine menschliche Regung, sondern eine perverse. Das erkennt man schon daran, daß wir nicht überrascht sind, wenn Ameisen einen Staat bilden, wenn aber ein Ehemann eine halbe Stunde früher als gewöhnlich nach Hause kommt, können wir uns vor Überraschung nicht fassen. [W. o. L.]

Sprich nicht über deine Einsamkeit, die anderen sind Fachleute. [W. o. L.]

Kaum hat man etwas Dummes gesagt, hört man von jemandem, der es wiederholt hat. [W. o. L.]

Wer fragt, denkt, wer denkt, hofft, wer hofft, wünscht sich etwas, und wer sich etwas wünscht, wünscht sich garantiert etwas, was man nicht kaufen kann. Das ist unpatriotisch. Da kann man ja gleich in die Regierung gehen.

[H. l. K.]

Kürzlich habe ich ein Pissoir gesehen mit einem goldenen Knopf in der Mitte. Wenn man ihn trifft, ertönt ein Glokkenschlag. Der Rekord ist elf Glockenschläge bei einem einzigen Toilettengang. [H. l. K.]

Je weiter man ein Problem hinter sich läßt, um so größer wird der Idealismus. [H. l. K.]

Je mehr Geld ein Wissenschaftler bekommt, umso sehnsüchtiger wird er. [A. h. k. E.]

Auf den Feldern reift das gestrige Gemüse,
die Antennen wachsen langsam durch die Wiese,
wer noch jung ist, wird schon jede Woche zäher,
und die Tränenlieferanten kommen näher,
irgendwer schreit, irgendwer flieht –
dreh das Fernsehen ab, Mutter, es zieht.

[Lied]

Wo beginnt die Schuld, wo hört sie auf? Bei dem, der ein Lächeln auslöscht, oder bei dem, der trotzdem weiterlächelt? [L. f. m.T.]

»Leben« rückwärts gelesen ergibt »Nebel«. [P. o. Z.]

Plötzlich hatte er Manieren, von denen er nicht gewußt hatte, daß er sie besaß. [P. o. Z.]

Es gehört nicht viel dazu, sich von einem Menschen abzuwenden. Man braucht nur sich selbst für wichtiger zu halten. [P. o. Z.]

Der Fortschritt ist ein Meister aus Davos.
Dort fährt er Ski mit uns,
hinunter, hinunter, hinunter,
und läßt uns nie wieder los.

[A. d. S.]

Auch wenn ein Geschäft nichts bringt, man hat es.

[D. Kl.]

Alles, was gescheit ist, ist billig. Am teuersten ist die Dummheit. [D. t. P.]

Ich hab etwas verloren und weiß nicht was. Man kann Freunde verlieren, man kann Zeit verlieren, man kann, wenn man es hat, auch Geld verlieren, aber der schlimmste Verlust ist, wenn man nicht weiß, was man verloren hat. [D. A.]

In einem Stau läßt ein Sportwagen einem alten VW den Vorrang, aber sowie die Straße frei ist, saust er davon, und dann liegt unsere Welt in Trümmern. [D. s. N.]

Würden Sie gerne eine Riesenfirma erben und dafür auf alle Abenteuer verzichten? [D. s. N.]

Mit toten Müttern kommt man irgendwann zurecht, nur tote Väter sind schwer abzuschaffen. [D. d. K.]

Die Gondel steigt höher, aber eigentlich steigt sie nicht höher, sondern das Riesenrad dreht sich. Das sollte einem zu denken geben, wenn man meint, man kann Karriere machen und höher steigen. In Wirklichkeit dreht sich nur ein Rad. [Gb.]

Ein Beamter kann alles verantworten, außer daß seine Tochter einen Beamten heiratet. [At.]

Ich stürze ein Bier hinunter und sage: Prost! Na also, sagt meine Frau, ich dachte schon, wir könnten die Miete nicht bezahlen. [L. B. H.]

Katzen, die bellen, nehmen kein gutes Ende. [At.]

Wichtige Männer haben mir ihre Anordnungen gegeben, ich habe sie nicht befolgt, und das haben sie respektiert. [W. o. L.]

Es gibt Leute, die gar nicht geboren sind. [W. o. L.]

Herr Müller brach in Herrn Markdorfs Laden ein. Herr Markdorf verlor dabei zwar sein ganzes Vermögen, erhielt aber die Hälfte von der Versicherungsgesellschaft und die andere Hälfte von Herrn Müller zurück. Nun konnten sich alle freuen: Herr Markdorf hatte sein Geld zurück, Herr Müller war reicher geworden, und die Versicherungsgesellschaft freute sich, weil sie nur die Hälfte des Verlusts bezahlt hatte. [W. o. L.]

Es flieht nicht, es wartet. Es schläft nicht, es blinzelt. Es spricht nicht, es streckt nur die Hände aus. Was ist das? Ja, wenn ihr nicht einmal das wißt, wo soll ich dann anfangen? [W. o. L.]

Sie verbrachten den ganzen Tag im Laden, erst abends erschraken sie darüber. [W. o. L.]

Wenn man einen Uhrmacher fragt, warum es Uhren gibt, wird man die unglaublichsten Antworten hören: Damit man weiß, wie spät es ist, oder damit ich sie reparieren kann. Vom Begriff Zeit hat jedenfalls kein Uhrmacher die blasseste Ahnung. [W. o. L.]

Die Leute sind schon schlimm genug, ohne zu wissen warum. Wie schlimm wären sie erst, wenn sie wüßten warum. [W. o. L.]

Ich hatte damals die Gewohnheit, nachzudenken, eine der dümmsten Gewohnheiten, die es nicht gibt, aber was wollen Sie? Ich war voll Wasser, voll Dünkel, voll Neon und anderen Chemikalien, da denkt man bald nach. Und je weniger das zu etwas führte, um so mehr dachte ich nach. Nachts schwammen Fische drüber, die nicht nachdachten, über die dachte ich nachts nach. Jeden Mittwoch gab es Gänsebraten, der nicht nachdachte, also dachte ich jeden Mittwoch über Gänsebraten nach. Ich dachte über meine Fragen nach, über meine Antworten, über Puppen, Orchideen und Walfische, ich dachte über alles nach, was ich sah, hörte und fühlte. Wie löste ich mich also? Um das zu wissen, müßte ich weiter nachdenken, muß es also anders in die Wege leiten. Kennen Sie irgendeinen Stein? Irgendwo, in irgendeiner Luftblase irgendeinen Stein? Er kann groß oder klein sein. Kennen Sie ihn? [H. l. K.]

Tatsachen lassen sich zwar schwer leugnen, aber dafür stimmen sie meistens nicht. [H. l. K.]

Über Deutschland ließe sich viel Positives sagen, wenn das Negative nicht lustiger wäre. [H. l. K.]

Lesen Sie die Bibel, da steht alles drin: Die Erde war wüst und leer, aber der Geist des Geschäftsmanns schwebte über den Wassern. Und der Geschäftsmann sprach, es werde Licht, drehte den Schalter um, sperrte seinen Laden auf, und es ward Licht. Und am zweiten Tag schuf der Geschäftsmann das kleinere Risiko und das größere Risiko, und er entschied sich für eines von ihnen oder für alle beide. Und am dritten Tag schuf der Geschäftsmann die Bäume, die er fällen mußte, um Platz für die Werbung zu machen. Und am vierten Tag schuf der Geschäftsmann die Sonne, um seinen Profit zu sichern, und er schuf auch die tiefschwarze Nacht, um alles nachzurechnen. Und am fünften Tag schuf der Geschäftsmann die Leichtgläubigkeit seiner Kunden. Und am sechsten Tag schuf der Geschäftsmann seine Konkurrenten, damit er sie austricksen und alles an sich reißen konnte. Und am siebenten Tag war der Geschäftsmann müde, aber er konnte sich in keinem seiner Häuser ausruhen, denn er hatte alle vermietet. [A. h. k. E.]

Engel werden totgeschlagen. [P. o. Z.]

Es gibt immer wieder Menschen, die sich nichts wünschen. Die sind die schlimmsten. [A. h. k. E.]

Alles, was ich sah, war der Himmel, aber jeder, der an mir vorbeiging, schaute nicht hinauf, sondern geradeaus, und da war kein Himmel, sondern sein nächstes Ziel.

[A. h. k. E.]

Die Wirklichkeit ist verschwunden, und wir haben es nicht gemerkt. [A. h. k. E.]

Wenn man einmal mit dem Toilettenputzen angefangen hat, hört man nie wieder auf. [P. o. Z.]

Gut, daß ich keine Psychiater kenne, sonst müßte ich dir einen empfehlen. [D. S.]

Du solltest dir alles so lange überlegen, bis du es dir aus dem Kopf geschlagen hast. Zum Beispiel: Du willst nach Amerika, aber wenn du nach Amerika gehst, wirst du es bereuen, und wenn du nicht nach Amerika gehst, wirst du es auch bereuen. Wenn du aber gar nicht gehen willst, hast du nichts zu bereuen. [D. Kl.]

Ich bin ein unglücklicher Mensch, vielleicht sollte ich öfter lügen. [D. s. N.]

Wer spricht von Geld? Ich spreche von Reichtum. [D. s. N.]

Mein Vater ist so intelligent, daß er pensioniert ist. [At.]

Wirklichkeit heißt Spesen, Träume sind Ertrag. [Lied]

Ich will mich nicht kennenlernen, wer bin ich denn schon! [I. W. ü.]

In einem Teilchenbeschleuniger können Wasserstoffkerne auf kinetische Energien von Milliarden Volt in Bewegung gesetzt werden. Ich bin eine Ameise. [D. s. n. l.]

Wein macht lange nicht so trunken wie Besitz. [W. o. L.]

Der Finanzbeamte sagte: »Was Sie verloren haben, ist Ihr Wille. Das ist mir schon vor Jahren passiert, ich weiß auch, wo mein Wille ist, aber ich werde ihn nicht finden. Meine Frau würde mich erschlagen.« [W. o. L.]

Es ist das Nichtverstehen unserer Welt, das unsere Welt verständlicher macht. [H. l. K.]

Nehmen Sie kein Ehrendoktorat an, davon kriegt man Kopfweh. [H. l. K.]

Ich war bei einem seiner Vorträge, da habe ich ihm alles geglaubt und nichts verstanden. [A. h. k. E.]

Wenn es normal wäre, würden wir es nicht aushalten. [P. o. Z.]

Die Kunst des Detektivs besteht darin, etwas zu finden, was er gar nicht gesucht hat. [P. o. Z.]

Man atmet Schaumgummi ein, steckt grauen Nebel in sein Haar und wartet. [A. d. S.]

Heute betäubt man sich mit Drogen, weil man nicht mehr träumt. [D.K.]

Aus ihm hätte etwas werden können, wenn er nicht gewollt hätte, daß aus ihm etwas wird. [D. s. N.]

Man soll nicht zu viel trinken, aber man soll auch nicht zu wenig trinken. [D. d. K.]

Die Ruhe hat bleierne Fäuste. [Gb.]

Wie bleibt man stehen, wenn man einmal aufgezogen ist? [At.]

Leute mit festem Charakter brauchen von Zeit zu Zeit einen neuen festen Charakter. [At.]

Freiheit ist die Kneipe nebenan. [Lied]

Wir sind der gleichen Meinung, aber wir geben es nicht zu. [W. Z.]

In Amerika fährt man gern fort von Amerika. [H. a. E.]

So wie jede Grenze Macht bedeutet, hat auch jede Macht Grenzen. [W. o. L.]

Einen Partner braucht man nur, wenn er anderer Meinung ist. [W. o. L.]

Der einzige Unterschied zwischen normalen und wahnsinnigen Menschen ist, daß die normalen nicht wissen, daß sie wahnsinnig sind. [H. l. K.]

Wenn man schon am Leben ist, darf man doch nicht seine Gefühle bezweifeln. [A. h. k. E.]

Wo kämen wir hin, wenn alle Leute ununterbrochen die Wahrheit sagen würden! [P. o. Z.]

Die Menschenfresser sind der beste Beweis, daß wir Menschen sind. [D. A.]

Man kommt nicht fertig auf die Welt, man wird fertig gemacht. [D. s. N.]

Du mußt mit dem Nachdenken aufhören. Sobald du nachdenkst, änderst du deine Meinung. [D. d. K.]

Man muß Rücksicht nehmen auf die eigene Klugheit, statt auf die Dummheit der anderen. Es macht einen ganz nervös. [Gb.]

Er ist ein Uhrmacher, der nicht mit der Zeit geht. [At.]

Ich habe über meine Fehler so lange nachgedacht, bis ich draufkam, daß ich keine Fehler hatte. [At.]

Die Friseure drohten mir mit dem Finger, bevor sie mir die Haare schnitten, und man konnte nie wissen, ob der beste Freund nicht heimlich ein Beamter war. An den Wänden hingen Fotos von ernsten Männern. Als dann die Hölle losbrach, war es fast eine Erlösung. [W. o. L.]

Die Zukunft steckt voller Erinnerungen. [W. o. L.]

Früher, wenn man geflüchtet ist, hat man gewußt wovor und wohin. Heute sind Wovor und Wohin austauschbar geworden. Ein Österreicher, der nach Tibet flüchtet, riskiert, auf einen Tibeter zu stoßen, der auf der Flucht nach Österreich ist. [W. o. L.]

Die Bekehrung ist kompliziert, obwohl ich sie in einem Satz sagen kann: Man muß auf Macht verzichten.

[W. o. L.]

Wer sich nicht erfinden kann, dem kommt das Schicksal nicht zu Hilfe. Das Schicksal braucht Schablonen, damit es eingreifen kann. [A. h. k. E.]

Wer bescheiden ist, ist stolz darauf. [A. h. k. E.]

Das einzige Gute an der Welt ist, daß wir wissen, daß sie schlecht ist. [P. o. Z.]

Leute wie wir können nur in die Werbung gehen oder in den Tod. [P. o. Z.]

Jeder Mensch will rennen, um die Wirklichkeit einzufangen, obwohl das ganz sinnlos ist – als würde man einem Sonnenstrahl nachlaufen. [D. s. N.]

Geld strahlt aus. [D. d. K.]

Alles, was ich nicht beweisen kann, wird von Tag zu Tag schlimmer. [At.]

Man müßte sich das Nichtgewöhntsein angewöhnen.

[A. S. h. A.]

Wenn ich keine Feinde hätte, wüßte ich nicht, was Freiheit bedeutet. [W. o. L.]

Wir werden modern, es fragt sich nur, auf welcher Silbe. [W. o. L.]

Natürlich ist das Leben kein Zufall, wie manche Wissenschaftler glauben. Alles ist wohlorganisiert, nur anders als man denkt. [A. h. k. E.]

Man denkt sich, wohin man will, und es ist überall dasselbe: Hotel Hilton. [A. h. k. E.]

Alles ändert sich, sagt man, aber je älter man wird, um so älter wird auch die Maske, die man trägt. Im Alter zerplatzt sie dann. [A. h. k. E.]

Wer nichts riskiert, riskiert am allermeisten. [P. o. Z.]

Als er jung war, war er häßlich, aber er hat sich schön gespielt. [D. s. N.]

Man muß die Leute, die man bezahlt, auch demütigen, das tut beiden Teilen gut. [D. s. N.]

Wer Macht hat, ist kein Freund. [D. d. K.]

Ich hab viel Gutes über Sie gehört, aber wer weiß, von wem. [At.]

Wer meine kleinen Fehler bemerkt, hat selber größere. [At.]

Warum sind die Leute so fügsam
und fürchten den leisesten Wind,
so wie Gerten, geschmeidig und biegsam
und im Leben und Tode genügsam?
Sei nicht wie die Leute, mein Kind!

[Lied]

Es ist unmöglich, daß zwei Ameisen Verschiedenes wollen. [P. o. Z.]

Hauptsache, man war brauchbar. [A. h. k. E.]

Rücksichtslosigkeit ist der Trost des Alters. [At.]

Ich habe einen starken Gerechtigkeitssinn für mich selber. [At.]

Er hätte sich eine Frau nehmen sollen, die ihm die anderen gönnen. [At.]

Alles hat sich verändert, nur die Hunde sind gleichgeblieben. [P. o. Z.]

Leute, die auf ihre moralischen Grundsätze stolz sind, haben keine moralischen Grundsätze. [P. o. Z.]

Wir sind Affen, mit Bananen in Sicht. [P. o. Z.]

Wer seine Häuser nicht auf Sand baut, der baut überhaupt keine Häuser. [Z. i. s.]

Alle meine Feinde beteuern, daß sie meine Freunde sind. Alle meine Verächter sagen, daß ich gebraucht werde. Alle meine Mörder jubeln mir zu. Die gute Großmutter klopft und schaut lächelnd beim Fenster herein. Wenn ich ihr jetzt die Türe öffne, ist alles vorbei. [W. o. L.]

Realität ist, was wir dafür halten. [W. o. L.]

Meide jede Konzilianz,
denn die nagt an der Substanz.

[Z. i. s.]

Was ist Kunst?

Früher hielt man die Wissenschaft für den Weg zur Wahrheit und die Kunst für den Weg zum Vergnügen. Heute weiß man: Es ist umgekehrt. Die Kunst strebt nach Wahrheit oder zumindest nach Wirklichkeit, und die Wissenschaft macht Vergnügen. Man erfindet neue Schönheitsoperationen oder wie man am besten zum Planeten Mars kommt, man berichtet von Galaxien, die Millionen Lichtjahre von uns entfernt sind, kurz, die Wissenschaft versucht, die Lebensfreude zu erhöhen und die Menschen zu amüsieren. Die Kunst, hingegen, ist ernst geworden. War früher die Musik ein Engel, ist sie heute ein Teufel, machte früher das Theater Spaß, so gehen heute die Leute fröhlich hinein und kommen grimmig heraus, die darstellenden Künste porträtieren den Künstler mit seinem persönlichen Abgrund, und auch der Film verzaubert längst nicht mehr. Das Hollywood Happy End ist unmodern geworden, und aus den Liebesmärchen wurden Krimis.

[Z. i. S.]

Manche Gedichte von mir sind absurd, die kommen der Wahrheit am nächsten. [Z. i. S.]

Es gibt ja Dichter, die halten nichts von Reimen.
Sie sagen, Reime sind von gestern, bitte nicht!
Dann lassen sie Assoziationen schleimen
und nennen das Geschleimte ein Gedicht.

[Z. i. S.]

Man könnte zum Ergebnis kommen, daß den meisten Menschen im Lauf ihres Lebens die Kunst ausgetrieben wird. [L. L.]

Leider hören die Menschen den Wissenschaftlern viel beflissener zu als den Künstlern. Das Publikum wird dazu verleitet, Computer zu kaufen, statt Musik zu hören, nach Amerika zu fliegen, statt ein Buch zu lesen, und denkt an ein neues Auto statt an ein neues Bild. [L. L.]

Das Leben bringt im Leben keine Klarheit,
die Lügen auf der Bühne sind die Wahrheit.

[Lied]

»Musik ängstigt mich«, sagte er fast weinerlich, »sie ist mir zu menschlich. Deswegen bin ich ja Astronom geworden. Wer die Erde nicht leiden kann, muß zu den Sternen blicken.« [W. o. L.]

Man kann nicht klüger sein als die Tänzer. Sie machen die richtigen Schritte, sie versorgen einander mit Arbeit, sie weichen einander graziös aus, und sie wissen nicht, was sie tun. [W. o. L.]

Das Publikum kommt nicht zu einem Konzert, um Musik zu hören, sondern um ein Konzert zu besuchen. [H. l. K.]

Man sollte einen Roman erst schreiben, nachdem man mehrere Romane nicht geschrieben hat. [H. l. K.]

Die größte Sünde, die ein Künstler begehen kann, ist, vor Tatsachen zu kapitulieren. [A. h. k. E.]

Mich liest man nicht. Jeder liest nur seine Welt, mich nicht. [A. h. k. E.]

Ja, da sitz ich mitten im Orchester drin
und halte bereit mein Triangel.
Und endlich zeigt der Dirigent auf mich hin,
und dann steh ich auf und mach »Ping«.

[Lied]

»Ich hätte liebend gern einen Mörder unter meinen Autoren«, sagte der Verleger, »aber Sie sind ein freigesprochener Mörder, das ist langweilig.« [D. S.]

»Ein Künstler findet sich in einer Welt, die man eines Tages für selbstverständlich halten wird.« [D. S.]

Früher habe ich gern gezeichnet, jetzt bin ich die Gezeichnete. [D. s. N.]

Da ich weiß, daß ich nichts kann,
lass' ich niemand andern ran.

[Lied]

Schnitzler in Hollywood, Zweig in Shanghai,
so geht das Leben am Leben vorbei.
Werfel in Mexiko, Gershwin in Wien,
oh, lieber Augustin, alles ist hin.

[Lied]

Da haben Sie aber keine Ahnung vom Theater. Nur weil der Vorhang fällt, ist doch das Stück nicht zu Ende. Das geht weiter. Man schminkt sich ab, geht etwas trinken, diskutiert, lacht, verliebt sich, wankt ins Bett und träumt und träumt, bis man wieder aufwacht und weiterspielt. Das wäre ja noch schöner, wenn man nicht mehr spielen dürfte, nur weil der Vorhang gefallen ist. [W. Z.]

Als Vierzigjähriger wußte Goethe noch nicht, ob er Dichter, Maler oder Wissenschaftler sein sollte, so ängstlich war er. Und so weise. So sehr verachtete er die Menschen, die keine Angst davor hatten, das Falsche zu tun. [W. Z.]

Zu Wort kommen diejenigen, die nicht Kunst produzieren, sondern ihre persönlichen Karrieren. Ich will das nicht kleinreden, es ist nicht einfach, eine Karriere zu produzieren, aber beides gleichzeitig geht nicht. [L. L.]

Die Künstler wachsen auf den Bäumen, aber die Bäume stehen im Wasser. [L. L.]

Jedes Kunstwerk ist die letzte Station vor dem Weltuntergang. [L. L.]

Ein alter Kabarettist ist die Parodie eines jungen Kabarettisten. Er kann das Publikum nicht auf seine Seite ziehen, man glaubt ihm kein Wort. Man glaubt nur, daß er jung bleiben möchte. [L. L.]

In einem halbwegs guten Gedicht ist alles wahr, auch das Gegenteil. [Z. i. S.]

Wer Kunst versäumt, verschenkt nicht nur einen wichtigen Teil seines Lebens, sondern leistet auch Vorschub für eine Veränderung der Gesellschaft, die meistens mit Blutvergießen verbunden ist. Der Mensch braucht Kunst, das hat sich immer wieder erwiesen, nicht zur Unterhaltung, da kann er auch zum Pferderennen gehen, sondern weil sie ein Teil seiner selbst ist. Und wenn er sie nicht kriegt, versucht er, sie irgendwie zu ersetzen, oft durch Gewalt. Er wehrt sich. Was vor allem fehlt, ist der Respekt vor den toten Meistern, man respektiert lieber die Tüchtigen. [Z. i. S.]

Die Natur kennt kein Idyll, die Kunst schon gar nicht, nur der lügende Mensch, vom Fernsehen bestärkt, sucht und findet es. [W. o. L.]

Was machen wir, wenn uns die Musik plötzlich abhanden kommt durch Umweltverschmutzung, Energieverknappung, Krieg? Wenn die Musik eines Tages ganz einfach weg ist, vergessen, verloren, verschwunden, wie jetzt zum Beispiel Wandergesellen oder manche Arten von Schalentieren? [H. l. K.]

Gerade einem Kabarettisten sollte nichts Menschliches fremd sein, nur Unmenschliches. [D. a. b. L.]

Künstler halten uns keine Spiegel vor, das ist ein Unsinn, der von Kunstkritikern verzapft wird. Kein Künstler hat das je von sich behauptet. [D. S.]

Er wurde allmählich vom deutschen Verlagswesen bemerkt, denn er hatte sich angewöhnt, nur noch Tiefsinniges zu schreiben. [D. S.]

Ich habe einmal einen Hungerkünstler gekannt, der hat immer gesagt, die Kunst geht nach Brot. [D. t. P.]

Ich singe Lieder in die blauwattierte Ferne,
ich hänge Klagen an die pausenlose Zeit.
So hebt ein jeder seine winzige Laterne,
und ich lerne:
Nur das Lied bleibt und die Hoffnungslosigkeit.

[Lied]

Musik ist eine rätselhafte Angelegenheit. Die kann man nicht lernen, die kann schon jeder. Man muß sie nur entdecken. [D. A.]

Wenn sich Künstler mit Patriotismus befassen, verlassen sie ihr Gebiet. [L. L.]

Die Schauspielkunst hat sich weiterentwickelt, auch das Bühnenbild, aber die Probleme der Autoren sind die gleichen geblieben, also wird sich das Publikum angesprochen fühlen. Das kümmert jedoch den Regisseur nicht und schon gar nicht den Kritiker. Die wollen Macht ausüben, auch wenn dadurch das Publikum verlorengeht. [L. L.]

Hätte ich einen Manager, müßte ich ihn bekämpfen. [L. L.]

So kommt es, daß zahlreiche Regisseure die Stücke, die sie inszenieren, nur zeilenweise lesen, und zwar jeden Morgen vor Probenbeginn ein paar Zeilen wahllos durcheinander. Und diese Zeilen inszenieren sie dann. Ein tüchtiger Regisseur kann vier Zeilen so inszenieren, daß sie stundenlang dauern. Im Bedarfsfall holt er sich ein paar Zeilen aus einem anderen Stück, das im Theater herumliegt, und kassiert Bearbeitungstantiemen. [L. B. H.]

Humor ist eine Ausnahme, ich weiß nur nicht wovon. [Z. i. S.]

Schlimmer und wirklicher, nicht nur schlimm wie die Wirklichkeit, das ist des Sängers Fluch. [W. o. L.]

Schriftsteller sind zum Schmuck der Nation geworden, schön zu haben, aber nicht unbedingt nötig. [H. l. K.]

Zukunft: Kunst gibt es nicht mehr. Die Musik ist so gut wie ausgestorben, und von der Literatur ist ein einziges Gedicht übriggeblieben, das hängt an der Wand, aber niemand liest es, und wenn es jemand liest, versteht er es nicht, und wenn er es versteht, sagt er es niemandem, da müßte er sich ja schämen. Was die bildende Kunst betrifft, ist jeder zum sogenannten Künstler geworden. Man geht aus dem Haus, das ist Kunst. Man kauft Spinat, das ist Kunst. Man duscht künstlerisch, man lacht künstlerisch, man schläft künstlerisch ein. [A. h. k. E.]

Ein Künstler ist ein Mensch, der sich nicht fügt. [Gb.]

Wenn ich sterbe – das wäre eine Uraufführung! [W. Z.]

Als wir vorige Woche in der Oper waren, haben Sie Lohengrin mit Salome verwechselt. Sie müssen sehr musikalisch sein. [D. s. n. l.]

Es ist keine große Kunst, unsere Zeit schlecht zu finden. Sogar wenn man übertreibt, sagt man die Wahrheit.

[L. L.]

Zu den Erfolgreichen führt kein Weg. [L. L.]

Politiker mögen Kabarettisten, das sagt schon alles.

[L. L.]

Es gab da einen Schriftsteller namens Martin Siebenfuß, der an seiner Existenz zweifelte, nachdem er seine Witwe kennengelernt hatte. [W. o. L.]

Ein zerlumpter alter Perser tief in Teheran
sah sich eines Tags die Zauberflöte näher an.
Und trotz Hungerödemen, Rachitis und Ruhr,
studierte er die Partitur
und rief noch im Sterben mit brechendem Blick:
Wie wunderbar ist doch Musik!

[Lied]

»Woher wissen Sie, daß ein Buch gut ist, bevor Sie es gelesen haben?« »Ganz einfach: Ich kümmere mich nicht um die Handlung. Sobald man lernt, die Handlung zu ignorieren, entdeckt man Welten, von denen man keine Ahnung hatte. Ein Buch besteht aus Wörtern, und Wörter sind Ideen, auf die man ohne Wörter nie gekommen wäre.«

[H. l. K.]

Wer Gedichte liest, findet Verlorenes wieder. [A. h. k. E.]

Die meisten Menschen, die wir für Künstler halten oder die von den Medien als Künstler verkauft werden, sind keine. Sie befriedigen lediglich den Zeitgeschmack, was zwar seine Berechtigung, aber nichts mit Kunst zu tun hat. Künstler sind schwer zu erkennen. [D. S.]

Ich werd schreiben und schreiben und schreiben
hinter Fenstern mit milchigen Scheiben.
Ich werd brav mit den andern verblöden,
und die Erde wird langsam veröden.
Ich werd schreiben, bis es Tote gibt,
solang's noch eine Zote gibt,
werd ich sie finden und zum Siege führen.
Man darf den Humor nicht verlieren.

[Lied]

»Gehen Sie auch so oft ins Konzert wie ich?« »Noch viel öfter. Ich kann die Musik schon auswendig.« [D. s. n. l.]

Macht ist das Gegenteil von Kunst. [L. B. H.]

Fast jeder Künstler ist krank. Gesunde Menschen strotzen, und das ist der Kunst abträglich. [L. B. H.]

Die »Zauberflöte« fängt damit an, daß ein Mensch vor Angst in Ohnmacht fällt, dann wird einem harmlosen

Waldschrat ein Schloß vor den Mund gehängt, so daß er nicht mehr sprechen kann, ein anderer wird zu 77 Stockschlägen verurteilt, und eine junge Frau wird nicht zu ihrem Geliebten gelassen und dadurch bis an den Rand des Selbstmords getrieben. In der Oper »Zar und Zimmermann« singt der Zar: »Das Schwert schon als Kind, ach, ich schwang es so gern«, und in der Oper »Die Regimentstochter« heißt es: »Heil dir, mein Vaterland, das solche Helden zeugt!« Man läßt mich all das singen, damit ich nicht anfange zu denken, sagte der Tenor.

[H. l. K.]

Es ist sinnlos zu versuchen, einen Künstler in die Gegenwart zu befördern. [D. S.]

Im Grunde genommen, muß man schon zufrieden sein, wenn in einem Roman niemand stirbt. [H. l. K.]

Das Publikum lachte die Tränen, nach denen mir zumute war. [D. a. b. L.]

Manche Gedichte sind absurd, die kommen der Wahrheit am nächsten. [Z. i. S.]

Kein Mensch weiß, wo er ist und warum, außer von seinem persönlichen Standpunkt aus. Er kann seinen Standpunkt einem anderen Menschen mitteilen, und beide können dann behaupten, daß sie einander verstehen, aber ich bezweifle das. Denn die Behauptung »ich bin jetzt in meiner Wohnung« impliziert unzählige Nebenbehauptungen, etwa die Möblierung der Wohnung, wie lange man sie schon hat, vielleicht sogar die Kindheit mit allem, was dazugehört, und eben das sind die Gedichte, sie sind die Nebenbehauptung der Hauptbehauptung. Sie sind, was der andere nicht verstanden hat. [Z. i. S.]

Kunst ist der Versuch, die Wirklichkeit darzustellen, und Wissenschaft der Versuch, der Wirklichkeit nachzustellen, was letztlich zum Irrtum führt, man hätte sie erwischt.

[L. L.]

Es ist nicht schwer, ein Theater zu führen, solange es in den Händen der Regierung bleibt. Wotan mit Aktentasche, Nora erschießt ihren Mann, Figaro ist Börsenmakler statt Friseur, Romeo schwul, La Traviata eine Frauenrechtlerin, König Lear eine junge Dame, Faust debil, Othello findet im Boxring statt, Zauberflöte im Zirkus, Hamlet im Schwimmbad, da ist doch die Kunst frei, wenn auch tot, und alle sind glücklich bis auf das Publikum.

[L.L.]

Vielleicht erfüllt der Jazz einen wichtigen Zweck, aber ich kann ihn nicht ernst nehmen. Eine Musik, die so gut wie immer auf die vielen kompositorischen Möglichkeiten, wie Forte, Piano, Crescendo, Diminuendo, Rallentando, Fermate, Tempo Rubato, um nur einige zu nennen, verzichtet, kommt aus der Eintönigkeit nicht heraus. Improvisationen, wie sie ja schon Beethoven praktiziert hat, sind reine Glückssache. Manchmal fällt dem Improvisierenden etwas ein und manchmal nicht. Es ist jammerschade, daß dieser Pop, oder wie immer er sich nennt, vom heutigen blindwütigen Kommerz so heftig propagiert wird, daß junge Leute oft keine Gelegenheit haben, zu erfahren, was Musik ist. [L. L.]

Kunst soll nicht verstanden werden wie ein Wintermantel, Kunst soll erlebt werden, und erst dann versteht man sie. [L. L.]

Was man glaubt, das hofft man

Man kann nicht unehrlich glauben, also je mehr man glaubt, um so schöner. Aber schon das glauben nur wenige. [L. L.]

Früher hat man von Amerika geträumt, heute fährt man hin – und aus der Traum! [L. L.]

Du siehst und glaubst statt umgekehrt. [W. o. L.]

Jeder Mensch erlebt einmal ein Märchen, und wenn er alt geworden ist, erzählt er es. Die Tatsachen verlieren sich mit der Zeit. [W. o. L.]

In Bali bestaunen Touristen den Wahnsinn des Hinduismus, dann fahren sie nach Hause, fallen auf die Knie, hängen ein Kreuz an die Wand und feiern Weihnachten. [W. o. L.]

Ein Kirschkern ist nichts, und doch wird eines Tages ein blühender Baum daraus, sagte mein Vater. Unsinn, erwiderte mein Lehrer, ebensogut kann man sagen, ein Schwein ist nur ein Schwein, aber eines Tages wird ein Schinkenbrot daraus. [D. S.]

Wenn man Geld hat, träumt man nicht, sondern zahlt. [D. S.]

Man sagt, Uhren ticken, und Menschen sprechen, aber ich glaube, es ist umgekehrt. [At.]

Nachdenken nützt nichts, fantasieren muß man. [At.]

Wissen kann man nur, woran man glaubt. [W. Z.]

Wenn ein Wunsch nicht in Erfüllung geht, will man wenigstens dafür gebetet haben, damit man sich keine Vorwürfe machen muß. Das nennt man Religion. Der Vorteil jeder Religion ist, daß sie auf alles eine Antwort weiß – eine falsche Antwort, aber immerhin eine Antwort. [D. s. n. l.]

Ich habe an die Liebe geglaubt. Wißt ihr, wie schön das war? Die Angst, die Hoffnung, der Hunger, die Feigheit – wo gibt es das noch für einen Arbeitnehmer? Jedesmal, wenn sie gelächelt hat, ist der Weihnachtsmann zu mir gekommen. Aber eines Tages sperrt jeder Zirkus zu, die Zelte werden abgerissen, und man muß sich ein neues Wunder suchen. [D. s. n. l.]

Ehrgeiz, Karriere, Geld, Konkurrenzkampf, das sind alles Märchen. Die Wirklichkeit liegt woanders. Gott hat Humor. [L. L.]

Es tut den Menschen gut, mehr zu glauben, als zu wissen, dann kommen sie vielleicht eines Tages sogar drauf, daß unser Wissen nichts anderes ist als Glaube. [L. L.]

Eines Tages regnete es Taufbecken. Die Leute fielen auf die Knie, dankten dem Himmel und wurden von den Taufbecken erschlagen. [W. o. L.]

Ich spazierte einmal durch einen Wald und sah einen Teich, den niemand anderer sah. Glücklicherweise hütete ich mich, meine Begleiterin auf diesen Teich aufmerksam zu machen. Wahnsinnige müssen schweigen können, es sei denn, ihr Wahnsinn ist die öffentliche Meinung.

[W. o. L.]

Jeder Mensch lernt sehr früh, sich zu verstellen, das wird ihm nicht zur zweiten, sondern zur ersten Natur. Dadurch merkt er nichts von seiner Seele. [W. o. L.]

Es gibt in Amerika zwei Arten von Freiheit: Erstens die Freiheit, ein Leben ohne Ausreden zu führen, und das ist keine günstige Art von Freiheit, denn da muß man die Schuld für sein unglückliches Schicksal bei sich selbst suchen statt, wie jeder Europäer, bei seinem Staat oder bei seiner freudlosen Kindheit. Und zweitens die Redefreiheit, die aber den Amerikanern nichts nützt, da ihnen niemand zuhört. [H. l. K.]

Wir sind wie Fußbälle, die irgendwer in die Welt geschossen hat. [P. o. Z.]

Ich hoffe, daß ich eines Tages einen sechsten Sinn entdecke, der die Vernunft überflüssig macht. [D. S.]

Als ich ein kleiner Junge war, spielte ich mit meiner Mutter irgendwo in einem Wald. Da sagte meine Mutter plötzlich: »Es wird dunkel, wir müssen nach Hause.« Und jetzt ist es noch immer dunkel, und ich muß noch immer nach Hause. [D. S.]

Er kennt keine Zweifel, und wenn er doch zweifelt, wartet er, bis er nicht mehr zweifelt. [Gb.]

Leute, die mit gutem Beispiel vorangehen, drehen sich leider nie um, sonst würden sie sehen, daß ihnen niemand nachgeht. [At.]

Es ist wichtig, daß man an etwas glaubt, das es vielleicht nicht gibt, denn das ist ja der Zauber des Lebens. [D. s. n. l.]

Die meisten Leute glauben zu wissen, was sie sich wünschen, dabei wünschen sie sich nur, was man ihnen einredet. [Z. i. S.]

Zeige mir ein Idyll, und ich zeige dir einen Pedanten.
[W. o. L.]

Widersteht den Versuchungen, schützt eure Heimat und bewahrt die alten Tugenden! Heil Hitler! [W. o. L.]

Glaubst du wirklich, Blicke werfen zu können, ohne deine Hände zu beschmutzen? [W. o. L.]

Unsere Seele ist eine abwesende Tatsache. [W. o. L.]

Die Hoffnung auf eine bessere Zukunft ist genauso falsch wie der Glaube, daß früher alles besser war. Also liegt unsere Rettung in der Gegenwart. [H. l. K.]

Ich bin vernünftig geworden. Wie dumm von mir!
[D. S.]

Es gibt drei Theorien über das Universum: Die erste besagt, daß sich das Universum ausdehnt und eines Tages wieder schrumpfen wird. Die zweite behauptet, daß sich das Universum ausdehnt und sich immer weiter ausdehnen wird. Die dritte Theorie erklärt, daß sich das Universum ausdehnt und eines Tages stehen bleiben wird. Und meine eigene Theorie ist, daß es überhaupt kein Universum gibt, es gibt nur Gott, und Gott hat es so eingerichtet, daß wir an eine der drei Theorien glauben sollen. [D. S.]

Auch unser Pfarrer hat Fehler, aber er stellt sie in den Dienst der Kirche, dadurch halten sie sich länger. [At.]

Alles hat zwei Seiten, eine schlechte und eine noch schlechtere. [D. s. N.]

Man kann sich seine Abgründe nicht aussuchen. [D. S.]

Niemand will glauben, daß es Dinge gibt, die wir nicht verstehen, sogenannte Zufälle, die aber keine sind, wir Ameisen, die wir keine Ahnung von den Gärten haben, in denen wir wissenschaftlich denken und forschen. [Z. i. S.]

Es fragt sich, wie lange man in Europa noch tanzen wird. Wer braucht Tänzer? Wer kauft Warnungen, die versikkern? [L. L.]

Die Frauen und die Liebe und die Kinder

Vor einigen Jahren träumte ich, ich wäre verheiratet. Als ich aufwachte, war ich so dankbar, ledig zu sein, daß ich es bis heute geblieben bin. [At.]

Kinder sind zerbrechliche Geduldspiele. Die meisten Eltern spielen sie gern, und manche Kinder helfen ihnen dabei. [L. L.]

Es gibt Frauen, die den Fischen ähnlich sind: Sie schwimmen im Leben herum, ohne zu wissen wohin, sie singen Lieder, die wir Männer nur erahnen können, und wenn man sie an die Angel legt, ist es ihr Tod. [L. L.]

Was nützt schon Schönheit! Sie nützt sogar einer Frau wenig, außer die Frau ist arm und blöd. [H. l. K.]

Die Sonne schien, nur das Kind spielte im Regen. [A. h. k. E.]

Niemand weiß, warum er lebt, bis er ein Kind kriegt. Dann glaubt er, es zu wissen, und entdeckt seinen Irrtum erst viel später. [A. h. k. E.]

Selbst als die beiden einmal händchenhaltend durch die Stadt gingen und sie seinen Finger dazu benützte, um in ihrer Nase zu bohren, zog er nur sanft seine Hand zurück und streichelte sie. [A. h. k. E.]

Ich kann mir vorstellen, daß es Menschenleben gibt, die nicht länger als vier Wochen dauern. Da wird einer geboren, verbringt eine unangenehme Kindheit, kriegt einen Posten, und aus lauter Angst behält er diesen Posten den Rest seines Lebens, obwohl er damit todunglücklich ist. Irgendwann heiratet er eine aus dem gleichen Büro, kriegt ein Kind mit ihr, sonntags gehen sie spazieren, Mittwoch ins Kino, ansonsten sehen sie fern oder schimpfen mit dem Kind. Eines Tages wird der Mann krank, kommt ins Krankenhaus und lernt dort eine Krankenschwester kennen. Mit der hat er vier Wochen lang ein wildes Verhältnis, vier Wochen lang ist er wüst und pervers und macht alles, was er mit seiner Frau nie gewagt hat oder wagen wird. Er und die Krankenschwester schmieden Pläne, wie sie auswandern und unter Palmen in der Südsee ein neues Leben beginnen werden. Aber dann wird der Mann wieder gesund, geht zurück zu seiner Frau, und die Krankenschwester verschwindet irgendwohin. Alles läuft den gleichen Gang wie vorher, und das Leben dieses Mannes hat nur vier Wochen gedauert. [P. o. Z.]

Ein Mann, der mich nicht böse machen kann, kann mich auch nicht reizen. [At.]

Ich hab nur einem einzigen Mann nachgeweint, das war beim Zwiebelschälen. [At.]

Ohne Frauen wäre das Leben zu ungefährlich. [At.]

Einige Männer, die ich kenne, geben nicht zu, daß sie gestorben sind. [D. s. n. l.]

Komisch, daß auch Standesbeamte verheiratet sind! Da war die Kirche klüger. [D. s. n. l.]

Das Leben wäre einfacher, wenn die Mauern, die die Menschen trennen, aus Betten bestünden. [At.]

Ich bin nicht eine, die kommt, nur weil man mit ihr verabredet ist. [D. s. n. l.]

Als wir noch per Sie waren, hast du mir besser gefallen. [D. t. P.]

Meine Jugend ist der einzige Trost, den ich habe. Ich wache auf, tröste mich, gehe ein bißchen spazieren, tröste mich und gehe wieder schlafen. [D. s. N.]

Die Welt ist besser, als Sie glauben, vor allem nach einem Orgasmus. [D. s. n. l.]

Hauptsache, meine Mutter hat wieder was zu weinen. [D. s. n. l.]

Ich liebe Anton mehr als alle anderen Männer, die ich je nicht geliebt habe. [D. s. n. l.]

Erzählen Sie mir das bei Tageslicht, vielleicht glaube ich Ihnen dann. [H.a. E.]

Kinder soll man in Ruhe lassen, aber wozu hat man sie dann? [L. L.]

Wenn man sich entschlossen hat, immer zusammenzubleiben, dann ist das eigentlich gar kein Entschluß, sondern eine Tatsache, denn anders als zusammenbleiben geht ja nicht. [Gb.]

Es ist uns lieber, wenn die Stubenmädchen älter sind als wir. [H.a. E.]

Sobald eine Frau mich anspricht, werde ich leugnen. [D. s. n. l.]

Irgendwann ist die Schule aus, und dann ist es auch mit dem Lehrer vorbei. Vielleicht schreit er weiter im einsamen Schulhaus, und vielleicht schreit er auch auf seinem Weg nach Hause, und vielleicht schreit er auch nachts, wenn er im Bett liegt, weil er nicht träumen kann. [W. o. L.]

Gute Erfahrungen macht man mit einem Installateur – wir sind Liebende. [D. s. n. l.]

In den hellen Zimmern sangen die anderen. Die Straßen waren leer, die Fröhlichkeit war verboten, und die Eltern irrten sich nicht. Fragen nach der Welt wurden ausgelöscht, und die dunklen Häuser wuchsen ins Unendliche. Die Professoren, die Stärkeren, die Kammersänger, die Jesusse, alle fragten: Was hast du den ganzen Tag getan?

[W. o. L.]

Eigentlich sollte meine Frau auf unsere Kinder aufpassen, aber wir haben keine. [H. l. K.]

Kinder verschwenden ihre Liebe, und wenn sie erwachsen sind, haben sie keine mehr übrig. [A. h. k. E.]

Im Flugzeug hatte er noch nicht bemerkt, daß die Dame Millionärin war. Erst bei der Party, als er ihr tiefer in die Augen blickte, sah er das Geld, das in ihren Pupillen herumschwamm. [A. h. k. E.]

»Du mit deiner Vernunft«, hänselte sie ihn, »deine Vernunft zerspringt ja in tausend Einzelteile. Du mußt aufpassen, daß du sie nicht miteinander verwechselst.«

[A. h. k. E.]

Mütter sind fröhliche Menschen, wenn sie einmal tot sind. [A. h. k. E.]

Kinder werden erwachsen, und wir verlieren sie aus den Augen, in die wir ihnen zu blicken versuchen. Sie schauen weg und sagen: »Du kennst mich nicht.« So ist es auch mit Liedern, die man gezeugt hat. Sie haben sich selbständig gemacht, verdienen ihr eigenes Geld, reisen in anderer Leute Münder. [D. a. b. L.]

Sie mißtrauten einander, und jeder mißtraute auch sich selbst, deswegen bevorzugten sie das Tageslicht für ihre intimen Stunden. [P. o. Z.]

Hätte die gute britische Hausfrau eine Schürze angehabt, als sie in die Schlucht fiel, könnte ich mir vorstellen, daß sie die Schürze beim Fallen noch ein wenig glättete.

[D. S.]

Man hat Kinder, und die Kinder wollen nicht geboren werden, man schafft ein Kunstwerk, und niemand will es hören. [A. d. S.]

Wenn sie ein Kind kriegt, hast du gesiegt. [D. Kl.]

Ein Mann ist auch nur ein Mensch. [D. t. P.]

Ich bin ein Produkt meiner Schönheit, und der Sinn meiner Schönheit ist Geld. Was der Sinn des Geldes ist, weiß ich nicht. [D. s. N.]

Ich glaub, du weißt nicht, wie schlecht die Welt sein kann. Niemand weiß das, wenn er liebt. [Gb.]

Wenn einer keine Frau hat, wie soll man wissen, was er denkt? [At.]

Augenlicht darf alles, nur eines nicht: überzeugen. Laß es dir aus dem Gehirn küssen, Geliebte, laß uns glücklich sein! [W. o. L.]

Ich erinnere mich nicht an meine zukünftigen Sünden, das besorgt meine Frau. [A. h. k. E.]

Kinder sind wie Mücken, sie saugen und saugen. Eines Tages wird mein Kind ein Kind haben und dieses Kind wieder ein Kind und wieder ein Kind, bis die Welt untergeht. Dann wird Gott allein sein, vielleicht will er das. [A. h. k. E.]

Sie tanzte nur nackt. Wer ihre Kleidung sah, war blind. [A. h. k. E.]

Es war unklar, wovon sie lebte. Sie war Schweizerin und Geldhaben eine Selbstverständlichkeit. [A. h. k. E.]

Ich kann doch meine Freundin nicht im Stich lassen, nur weil sie Gutes tut. [A. h. k. E.]

Wien bleibt Wien

Wien ist eine Art Religion, der schon die Eltern angehört haben. [L. L.]

Ich bin so stolz auf mich, ich bin ein echter Wiener!
Ich bin so stolz auf mich, ich stamme nicht aus Rom!
Ich bin kein Brünner, kein Tessiner, kein Berliner,
kein Argentiner, kein Turiner, nicht aus China,
nein, meine Geburtsklinik stand am Donaustrom.

Ich bin so stolz darauf, daß ich auf mich so stolz bin,
und daß ich stolz bin, weil ich stolz bin, füllt mich aus,
weil ich vom reinsten Wiener Schrot und Korn und Holz bin,
ich bin halt hier, wo ich zu Hause bin, zu Haus.

[Lied]

In Wien passieren die Dinge nur, damit man ihnen nachweinen kann, wenn sie vorbei sind. [I. W. ü.]

Über den Neuen Markt in Wien wandert gelegentlich das Gespenst des Grafen Stürgkh, der in der Nähe erschossen wurde. Es fragt vorübergehende Menschen: »Wer hat mich erschossen, Viktor Adler, Friedrich Adler oder Alfred Adler?« Bisher hat niemand die richtige Antwort gewußt, daher verschwindet das Gespenst immer weinend im Hotel Europa. [I. W. ü.]

Wenn jetzt ein Krieg kommt, was geschieht dann mit mein' Hund? [Lied]

Ich bin nur ein Wiener, aber ich glaub, das genügt. [I. W. ü.]

Freunde sind wie Geigen. Solange man sie in der Hand hat und streichelt, klingen sie schön, aber sowie man sie weglegt, sind sie still. [L. L.]

Ich war schon einmal mit ein' Professor z'samm,
hab' ich Bücher g'lesen.
Dann war ein Klavierstimmer mein Bräutigam,
sind wir tanzen g'wesen.
Das kann doch a jede,
sonst bleibt sie am Sand.
Ich mach ihm ka Schand,
wenn er's nicht spannt,
ist er der Blöde.

[D. t. P.]

Musik ist Erinnerung, und woran soll man sich erinnern, wenn man sein Leben lang in Österreich bleibt? [L. L.]

Österreich ist ein schönes Land, darin sind sich Deutsche und Österreicher einig. Sie sind sich überhaupt viel einiger, als man das gemeinhin annimmt. Jeder bemitleidet den anderen. [H. l. K.]

Ich bin noch heute Amerikaner, denn die Amerikaner halten mich für einen. In Österreich hält mich kein Mensch für einen Österreicher, solang ich noch am Leben bin. Tote erweckt man ja gerne wieder zu Österreichern.

[D. a. b. L.]

Wie schön wäre Wien ohne Wiener!
Ein Gewinn für den Fremdenverkehr!

[Lied]

Heimat ist eine Wanderung mit Sehnsucht nach Wien.

[D. S.]

Mußt halt schauen, wo du bleibst,
mußt halt bleiben, wo du bist,
mußt halt sein, wo man dich hinstellt,
wennst was werden willst.

[Gb.]

Der Förster, der den Bankier Sothen erschossen hat, hat Hittler geheißen. Der Kaiser hat ihn zu zwölf Jahren Kerker begnadigt, und fünfzig Jahre später hat ein anderer Hitler der Welt gezeigt, wie lange zwölf Jahre dauern können. Das war kein Zufall. Es gibt in Wien keine Zufälle, jeder Stein ist einleuchtend, jeder Seufzer logisch.

[I. W. ü.]

Alles, was einmal war, ist wienerisch. Alles, was neu ist, gehört ausgewandert. [I. W. ü.]

Die jetzige österreichische Monarchie ist billiger als die vorige, und der Kaiser fehlt. Aber sonst ist alles beim alten. [I. W. ü.]

In einer Stadt wie Wien sollte man auf keinen Fall Kabarett machen. Wien spielt jeden Kabarettisten an die Wand. [L. L.]

Heimat ist eine schlechte Gewohnheit. [L. L.]

Der Tod, das muß ein Wiener sein,
genau wie die Lieb' a Französin.
Denn wer bringt dich pünktlich zur Himmelstür?
Ja, da hat nur ein Wiener das G'spür dafür.
Der Tod, das muß ein Wiener sein,
nur er trifft den richtigen Ton:
Geh Schatzerl, geh Katzerl, was sperrst dich denn ein!
Der Tod muß ein Wiener sein.

[Lied]

Es leppert sich immer alles zusamm', die Bettgenossinnen, der Alkohol, die Jahre, das Leben ist eine einzige Zusammenlepperei. [D. t. P.]

Ohne Büffet keine Preisverleihung! [Gb.]

Wer sich nicht retten kann, der kann kein Wiener sein.

[L. f. m. T.]

Was ein Mensch im Verlauf eines Lebens
alles schlucken kann, verdrucken kann,
machert einen riesengroßen Berg.
Was ein Mensch im Verlauf eines Lebens
alles zwingen kann, verschlingen kann,
Schadenfreude, Lästerungen,
Lügen und Beleidigungen,
das nennt er dann stolz sein Lebenswerk.

[Lied]

Wenn man stirbt, wird einem Wien ganz fremd. [Lied]

Es gibt immer wieder Österreicher, die ins Ausland übersiedeln und dann jede Nacht nach Österreich zurückkehren. [L. L.]

Die meisten Wiener sehnen sich nach Dingen, die sie gar nicht haben wollen. [L. L.]

Immer wenn ich einen neuen Berliner kennenlernte, wollte ich ihn sofort fragen: »Was haben Sie gegen mich?«

[L. L.]

Wer ein Jud ist, bestimme ich

(Dieser Satz wird dem Wiener Bürgermeister Lueger zugeschrieben, aber auch Goering soll ihn benützt haben)

Antisemitismus ist unzutreffend, unlogisch, wissenschaftlich weder erklärlich noch beweisbar, er widerspricht jeder Vernunft, und er verschwindet trotzdem nicht. Nicht die Greuel des Dritten Reichs, nicht die Gründung eine Judenstaats, keine Gesetze, keine Aufklärungskampagnen haben daran das Geringste geändert. Wir müssen mit dem Antisemitismus leben, wir, die Juden und wir, die Antisemiten. [L. L.]

Kritiker wird man unter anderem, um die Konkurrenz schlechter zu finden als sich selbst, so ähnlich wie man Antisemit wird. [L. L.]

Mein Freund, der Fritz, hat mir einen guten Witz erzählt – jetzt ist mein Herz so schwer. [Lied]

Deine Freundinnen heiraten doch auch nicht, die haben ihren Spaß mit Arabern, Negern, Dschuschen, Russen – nichts ist dagegen zu sagen, auch bei dir nicht. Aber wenn du einen Juden heiraten willst, das solltest du dir vorher gründlich überlegen. [Gb.]

Du glaubst doch nicht im Ernst, daß der Kanzler oder der Minister einem Menschen vertrauen würde, der einen Juden zum Schwiegersohn hat. [Gb.]

Um zu lieben, muß man wenigstens halbwegs gut gelaunt sein, und das ist man nur, wenn man andere Flüchtlinge trifft, denen es noch schlechter geht. [L. L.]

Mein Vater war Rechtsanwalt und sprach perfekt Latein, sonst wenig. Im März 1938 wurde Österreich deutsch, da legte mein Vater gegen Hitler Berufung ein. [L. B. H.]

Da spricht doch ein Mensch meine Sprache! Woher kann er sie? Er kann sie nicht können, er spricht sie auch nicht, es kommt mir nur so vor in meiner Sehnsucht. [W. o. L.]

Die meisten Juden sind anständige Menschen, aber eben auf ihre eigene Art. [Gb.]

Immer wieder werde ich von Journalisten gefragt, was mir mein Judentum bedeutet oder wie ich damit umgehe. Vielleicht fragt man auch Einbeinige, wie sie mit einem Bein umgehen. Mit einem Bein kann man nicht hinken, also hinkt auch dieser Vergleich nicht, denn in gewissem Sinn ist das Judentum eine Behinderung, noch dazu eine, die sich offenbar vererbt. Die erste Synagoge, die auf Weisung des Erzbischofs brannte, stand im syrischen Kallinikon, und man schrieb das Jahr 388. Der heilige Gregor von Nyssa, Mitte des vierten Jahrhunderts, nannte die Juden »Gotteshasser, Gesetzesübertreter, Advokaten des Teufels, Schlangenbrut, Verleumder, Zerstörer« und so weiter, und tausend Jahre später schrieb Luther, Juden seien »giftige, bittere, rachgierige, hämische Schlangen ...

man soll ihre Schulen mit Feuer anstecken ... ihre Häuser zerbrechen und zerstören ...«, und so ging es weiter bis in unsere Tage. Einbeinige hatten es besser.

[D. a. b. L.]

Na, ja, er ist ein General,
da ist der Schaden schon total.
Er näht sich Borten an den Rock und kleine Sterne,
denn wenn die andern salutiern, das hat er gerne.
Er schläft bei Nacht in einem Zelt,
und wenn er träumt, ist er ein Held.

[Lied]

Christine! Wenn ich den Namen schon höre! Warum heißt sie nicht Rebecca? Sie wäre mir hochwillkommen. Sie kann ein reizendes Mädchen sein, aber nie wird sie wissen, was eine jüdische Mutter fühlt. Sie kann ein wunderbarer Mensch sein, aber nie wird sie ahnen, wie wir gelitten haben. Leben mit ihr, Kinder haben mit ihr, leiden mit ihr, sterben mit ihr, mein Sohn, wie willst du das vor Gott verantworten? Alle vier deiner Großeltern haben sie in Auschwitz behalten. Meinst du nicht, die würden sich im Grab umdrehen, wenn du die Enkelin ihrer Mörder heiraten würdest? [Gb.]

Erst wenn man sich in seiner Heimatstadt so fühlt, als wäre man im Exil, hat man endlich alle bösen Gedanken abgestreift. [D. a. b. L.]

Drüben macht Herr Hammerschlag seinen Bücherladen auf.
Ich seh ihn noch heute vor mir, er ist damals so gerannt
und hat vor seinem Laden einen Scheiterhaufen aufgestellt
und hat darauf Thomas Mann und Lion Feuchtwanger verbrannt
und Erich Kästner und den Kafka und den Heine
und viele andere, die jetzt sein Schaufenster verzieren.
Und er verkauft sie mit einem Lächeln an der Leine.
Tja, er muß leben, und seine Kinder wollen studieren.
Er hat ja selbst den Doktor.

[Lied]

Das Jahr 1938 war ein besonders ungutes Jahr für Juden in Österreich. Ich mußte Jude üben statt Klavier.

[L. B. H.]

Seit Lots Weib ist viel Zeit vergangen. Heutzutage erstarrt man zur Salzsäule, wenn man nach vorne blickt, nicht wenn man zurückschaut. [H. l. K.]

Die Politiker

Die Künste machen zuviel kaputt, sagen die Politiker, man hat sie nicht in der Hand, wer weiß, was in einer Musik alles zu hören ist, wer weiß, was in einem Gedicht alles steht! Die Künste sind aufsässig, denken sich Dinge aus, die uns nicht einfallen würden, Kontrolle ist gut, kaputtmachen ist besser. Die Bildende Kunst ist doch die reine Philosophie, sagen die Politiker, da merkt man nichts Praktisches, keine Karriere, keine finanziellen Überlegungen, da braucht man nur ein bißchen Mut und Zeit und weiß schon alles. Aber Zeit ist Arbeitszeit, und Mut brauchen wir schon gar nicht, wir brauchen Soldaten. Und wenn man von der Bildenden Kunst zur Musik kommt, bei der es nur unbeherrschbare Gefühle gibt – und überall liegen die Toten herum, die man subventionieren soll, mit denen man sich anfreunden soll, denn sie sind ja nicht tot, sie liegen nur tot herum. Nein, meine lieben Überlebenden, sagen die Politiker, das wollen wir nicht. Am schlimmsten sind die Pausen in der Musik, in den Pausen wird man verrückt, und wenn man dann auf dem Eis weiterkeucht in die Welt der Literatur, die ja keine Welt ist, sondern eben Literatur, wie soll man den Weg ohne die Toten finden, die überall auf den Bäumen sitzen und höhnisch lächeln. Das muß man unbedingt verhindern. Die Toten haben uns vergessen, nun laßt uns die Toten vergessen, sagen die Politiker. [A. h. k. E.]

Es gibt keine größeren Gegensätze als Politiker und Dichter, und wenn man entdeckt, daß beide Menschen sind, fragt man sich, ob der liebe Gott das weiß. [Z. i. S.]

Wenn eine Regierung für ein Vereintes Europa ist, dann muß man das bejahen, nicht weil man Patriot ist, sondern weil seit eh und je die Jasager ihren Weg in der Welt gemacht haben. Wer soll solche Dinge entscheiden, wenn nicht die berufsmäßigen Politiker? Wenn einer von euch in der Regierung säße, dann wäre er auch für ein Vereintes Europa, denn sonst säße er ja nicht in der Regierung. [W. o. L.]

»Du bist Politiker?« fragte ein junger Arbeiter. »Wenn ich das gewußt hätte, hätte ich nicht mit deiner Frau getanzt.« [W. o. L.]

Kommt dir einer entgegen und lächelt – Vorsicht! Vielleicht ist er schon lächelnd auf die Welt gekommen. [W. o. L.]

Bundeskanzler sind glückliche Menschen, deswegen finden wir sie ja so komisch. [W. o. L.]

Geh und sing einmal ein Lied dem Kanzler vor! Er dankt es dir und bleibt der gleiche, der er war. [Lied]

Logische Schlüsse haben keine Würde, aber ein Politiker kann ohne logische Schlüsse nicht leben. [D. S.]

Wer etwas sagt, wird eingesperrt, wer schweigt, ist gefährlich. [D. d. K.]

In einer Demokratie ist eine Hure ein Niemand, aber in einem Deutschland, das ich mir vorstelle, wird sie umarmt und gehätschelt werden, denn alle sind Huren. Alle Arbeitgeber sind Huren, alle Arbeitnehmer sind Huren, alle Akademiker sind Huren, alle Neugeborenen sind Huren, denn die Hurerei wird schon in den Schulen unterrichtet, und jede Nichthure wird sofort und rücksichtslos ausgeschaltet. [D. d. K.]

Und die Schulbücher sind dünn,
denn es steht schon nichts mehr drin,
und die Warner und die Spinner,
die sind alle noch viel dünner.
Nur die Herren der Republik,
die sind dick.

[A. S. h. A.]

Meine Freiheit heißt, daß ich Geschäfte machen kann, und deine Freiheit heißt, du kriegst bei mir einen Posten .... also ohne meine Freiheit bist du arbeitslos.

[A. S. h. A.]

Der Sinn jeder Heimat ist, daß man sie liebt, egal wie scheußlich sie ist. [I. W. ü.]

Wo man hinspuckt, ist Hochkonjunktur – und Tote, viele Tote. [D. s. n. l.]

Wer in die Politik geht, wird immun gegen alles andere. [A. h. k. E.]

Die Gerechtigkeit besteht darin, daß es keine gibt. [D. d. K.]

Es werden sich Autoren finden, die unser Paradies dem Volk vorlügen. Unser Nationaltalent wird sich durchsetzen. [D. d. K.]

Alle Politiker sind gleich, sie haben nur verschiedene Gesichter, damit man sie auseinanderhalten kann. [W. o. L.]

Wer auf dem Theater große Wirkungen erzielen will, sollte Politiker werden. Wer in der Politik große Wirkungen erzielen will, sollte Schauspieler werden. [W. o. L.]

Daß Peggy trotz ihres Reichtums arm und John trotz seiner Armut reich gewesen sein könnten, kommt einem Polizeibeamten nicht in den Sinn. [D. S.]

In der Politik wird alles erzwungen. [Gb.]

Die allgemeine Wehrpflicht ist die einzige wirkungsvolle gesetzliche Maßnahme, mittels deren sich ältere Leute gegen die Jugend verteidigen können. [At.]

Ich schwärme nun mal fürs Illegale.
Für mich sind Gesetze völlig ohne Sinn.
Was legal ist, ist für mich das Abnormale.
Es ist nur schade, daß ich nicht Bundeskanzler bin.

[A. S. h. A.]

Der Frieden ist zum Warten da. [A. S. h. A.]

Wenn ihr lachen wollt, nehmt euch zusammen!
Tut es nicht! Bleibet ernst! Seid nicht feig!
Weil wir lachen, steht alles in Flammen,
und die Welt ist ein trauriger Teig.

[A. S. h. A.]

Mit dem Rücken gegen die Wand
kommt man durchs verlorene Land.
Manchmal sieht man ein paar Kälber,
bis man merkt: Das ist man selber.

[Lied]

Letztlich – der Tod

Als es dunkel wurde, reichten sie einander die Hände. Sie gingen noch einmal spazieren, ohne das Haus zu verlassen. Am Horizont ruhten sie ein wenig aus, denn Anna war müde. Die Kinder waren nicht gekommen, sie waren in den Booten geblieben, von denen Stefan und Anna seinerzeit an Land gegangen waren. Vielleicht war das ein Fehler gewesen, sie hatten schließlich viel geweint und waren manchmal nahe daran gewesen, die Tage zu vergessen. [W. o. L.]

Das Leben überfordert den Menschen, der Tod nicht. [A. h. k. E.]

Wer neben den Toten lebt statt mit den Toten, kann sich auf die Dauer nicht zurechtfinden. [A. h. k. E.]

Am Anfang war der Wald, dann wurden die Bäume gefällt, und der Himmel wurde sichtbar. Dann gab es Dörfer in den Lichtungen, dann Städte, dann Länder. Schließlich schob man alle Länder zusammen und hatte eine einzige Großstadt, die Erde hieß. Dadurch wurden die Entfernungen zwischen den Lebenden und den Toten immer kürzer, und jetzt muß man gar nicht mehr sterben, um tot zu sein. Man muß auch nicht mehr leben, um zu sterben. Alle sind tot, und alle leben. Jeder kann seine eigene Leiche begraben. [A. h. k. E.]

Selbstmörder brauchen keine Gründe. Sie bringen sich um, weil sie sich umbringen wollen. [D. S.]

Schau, die Sonne ist warm, und die Lüfte sind lau, gehen wir Tauben vergiften im Park! [Lied]

Solange man hinrichtet, wird man selbst nicht hingerichtet. Bald wird es nur noch Richter, Scharfrichter und Versteckte geben. [A. h. k. E.]

Warum wird der Saal nicht von trauernden Müttern gestürmt? Warum wirft man von der Galerie keine verbrannten Leiber ins Parkett? Ach, käme das Publikum nur einmal in den Konzertsaal, und zwischen den Sitzen lägen Kriegsleichen, stünden nur einmal Panzer auf dem Podium, die plötzlich losdonnerten, wären nur ein einziges Mal die Platzanweiser mit Maschinengewehren bewaffnet! Auch Geld sollte überall herumliegen, halb zerrissene Dollarnoten, in denen das Publikum während der Freischütz-Ouvertüre wühlen könnte! [H. l. K.]

Tote sind auf der Flucht vorm Leben. [A. h. k. E.]

Die Toten werden immer beliebter. [A. h. k. E.]

Quellenhinweise

A. d. S.	Der Aufstand der Schmetterlinge, Oper
A. h. k. E.	Alles hat kein Ende, Arco Verlag, Wuppertal 2004
A. S. h. A.	Adam Schaf hat Angst, Komödie
At.	Atempause, Komödie
D. A.	Das Aquarium, Oper
D. a. b. L.	Die alten bösen Lieder, kip Verlag, Dinslaken 1997
D. d. K.	Das deutsche Kind, Komödie
D. K.	Der Klavierspieler, Musical
D. Kl.	Der Klezmer, Musical
D. S.	Der Schattenspringer, edition dià, Berlin 1996
D. s. N.	Die schöne Negerin, Komödie
D. s. n. l.	Du sollst nicht lieben, Komödie
D. t. P.	Der tote Playboy, Komödie
Gb.	Geisterbeschwörung, Opernlibretto
H. a. E.	Hölle auf Erden, Operette
H. A. L. B.	Heute Abend: Lola Blau, Komödie
H. l. K.	Heute leider Konzert, Konkret Verlag, Hamburg, 2001
I. h. k. L.	Ich hab ka Lust, Henschel Verlag, Berlin 1980
I. W. ü.	Ist Wien überflüssig? Ueberreuter Verlag, Wien 1987
L. B. H.	Lola und das Blaue vom Himmel, edition memoria, Hürth 2002
L. f. m. T.	Leise flehen meine Tauben, Fischer Taschenbuch 2005
L. L.	Letzte Lieder, Arche Verlag, Hamburg 2009
P. o. Z.	Ein Prophet ohne Zukunft, Diana Verlag, Zürich 1990
T. f. F.	Taubenvergiften für Fortgeschrittene, Heyne Verlag 1983
W. o. L.	Worte ohne Lieder, Paul Neff Verlag, Wien 1986
W. Z.	Willkommen Zuhause, Komödie
Z. i. S.	Zufällig in San Francisco, Verbrecher Verlag, Berlin 2010

Schöne insel taschenbücher für Liebhaber des boshaften Humors

zum Lesen und zum Verschenken
an saubere Freunde, gute Feinde
und andere falschen Fuffziger

Shaw für Boshafte
Ausgewählt von Thomas Kluge
it 3205. 126 Seiten

Schopenhauer für Boshafte
Ausgewählt von Norbert Wank
it 3226. 102 Seiten

Karl Kraus für Boshafte
Ausgewählt von Christine M. Kaiser
it 3240. 112 Seiten

Arno Schmidt für Boshafte
Ausgewählt von Bernd Rauschenbach
it 3241. 100 Seiten

James Joyce für Boshafte
Ausgewählt von Friedhelm Rathjen
it 3242.117 Seiten

Heine für Boshafte
Ausgewählt von Joseph A. Kruse
it 3273. 120 Seiten

NF 711/1/09.07

Nietzsche für Boshafte
Ausgewählt von Norbert Wank
it 3274. 104 Seiten

Oscar Wilde für Boshafte
Ausgewählt von Denis Scheck und Christina Schenk
it 3309. 120 Seiten

Nestroy für Boshafte
Ausgewählt von Peter Cardorff
it 3310. 120 Seiten

Wilhelm Busch für Boshafte
Ausgewählt von Thomas Kluge
it 3311. 120 Seiten

NF 711/2/09.07

Lektüre für Gestreßte
im insel taschenbuch

Buddha für Gestreßte. Ausgewählt von Ursula Gräfe. it 2594. 144 Seiten

Fontane für Gestreßte. Ausgewählt von Otto Drude. it 3030. 120 Seiten

Gandhi für Gestreßte. Ausgewählt von Martin Kämpchen. it 2806. 146 Seiten

Goethe für Gestreßte. Ausgewählt von Walter Hinck. it 1900. 128 Seiten

Hesse für Gestreßte. Ausgewählt von Volker Michels. it 2538. 158 Seiten

Kant für Gestreßte. Ausgewählt von Ursula Michels-Wenz. it 2990. 192 Seiten

Kierkegaard für Gestreßte. Ausgewählt von Johan de Mylius. it 2661. 192 Seiten

Konfuzius für Gestreßte. Herausgegeben von Ursula Gräfe. it 2754. 128 Seiten

Karl Kraus für Gestreßte. Ausgewählt von Christian Wagenknecht. it 2190. 144 Seiten

Montaigne für Gestreßte. Ausgewählt von Uwe Schultz. it 2845. 120 Seiten

Nietzsche für Gestreßte. Vorgestellt von Ursula Michels-Wenz. it 1928. 112 Seiten

NF 8/1/2.04